비로소 별이 되는가?

시작시인선 0376 비로소 별이 되는가?

1판 1쇄 펴낸날 2021년 5월 17일
지은이 해인
펴낸이 이재무
책임편집 박은정
편집디자인 민성돈, 장덕진
펴낸곳 (주)천년의시작
등록번호 제301-2012-033호
등록일자 2006년 1월 10일
주소 (03132) 서울시 종로구 삼일대로32길 36 운현신화타워 502호
전화 02-723-8668
팩스 02-723-8630
홈페이지 www.poempoem.com
이메일 poemsijak@hanmail.net

ⓒ해인海印, 2021, printed in Seoul, Korea

ISBN 978-89-6021-557-3 04810
 978-89-6021-069-1 04810(세트)

값 10,000원

비로소 별이 되는가?

해인海印

천년의시작

시인의 말

중생은 부처를 낳는 어머니
부처님의 49년 설법은 중생의 병구완일 뿐이다.

팔자에 묶여 있는 여자들, 그 팔자라는 걸
방생시키고 싶어
상담실을 다녀간 여자들의 이야기를 1인칭 시점으로 엮었다.

행복은 신구의身口意 삼업三業으로 그려 낸 그 각별한
무늬들을 섬기는 것.
이 땅의 책 읽는 여자들이 행복하기를
이토록 슬픈 원願을
오탁악세五濁惡世에서 이루고자 한다.

차 례

시인의 말

제1부

제4부

해 설

제1부

비로소 별이 되는가? 1

1

살기 위해, 살아남기 위해

고향도 버리고, 늙은 부모와 생때같은 자식도 버리고, 한 솥밥 먹던 형제도 버렸다. 간도 잘라 내고, 자궁도 들어내고, 쓸개도 오려 내고, 심장도 도려내고, 태아도 살해하고

2

없던 일로 하자고, 그냥 한 번 봐 달라고 사정도 하고

여우를 사자로 부르며 아첨도 하고

엄마, 말해 줘요

사는 게 뭔데 이렇게 아픈 거야

별꼴을 다 봐야 비로소 별이 되는가?

비로소 별이 되는가? 2

1
불온한 것들을 본 그날
두드러기로 번지는 저녁놀

발등을 적시며 울던 그날들이
비로소 별이 되는가?

2
낙석 주의, 안개 주의 구간
지상에는 안내판 하나 없었다, 지구는 낙하 중

짐의 무게만큼 튼튼해진 다리
땅에서 넘어진 자 땅을 짚고 일어서리

모기가 무쇠솥을 뚫고 죽은 땅에
잔혹하게 아름다운 모란꽃 노을이 다시 피고 진다

섬

팔만 사천 번뇌 떠내려간다
졸며 앓으며
좌복 위에서

평생 공부는
죽 떠먹은 자리
흔적 없지만

어떤 이는 죽 쑤어서 개 준다지만
그래도 죽 쑤어서 내가 먹는 일
무량한 기도 덕분인가

부처님 공덕 바다에
섬이 된 토굴 하나
노 저어 간다

시님도 마이 아프다

1
중 되는 데 10년
중물 드는 데 10년
중물 유지하는 데 10년
중물 빼는 데 10년
강산이 네 번 바뀌고
고생 끝에 병만 와

연락처엔 침 잘 놓는 한의원부터, 희망통증의학과, 속편
한내과, 밝은세상안과, 굿모닝피부과, 사랑니치과까지
병원 번호만 빼곡하다

2
"시님 돌아가실라 캄니까"
"살라 캄니더"
"시님이 드시는 밥, 빵, 떡, 마카 탄수화물뿐입니더
그라이 단백질을 드시야 됩니더"

3
조주, 그가 주는 차 한 잔 받아 마신 납자들처럼 허우적

거리며 생선 한 마리 사 왔다. 한 토막에 만 원짜리 향 한 통
이 연기로 사라지고, 사방 창문을 열고 환기시키느라 하루
종일 벌벌 떨었다

　선 밖으로 색칠해도 괜찮다고 아무도 가르쳐 주지 않았다
　인간답게 사는 것이 신통神通인 것을

　시님도 마이 아프다

아모르파티 1
—미혼모 k에게

21살, 땅끝에 서다

그 싱숭생숭했던 봄날
단 한 번의 꽃 몸살
철없는 사랑은 흉터를 남겼지만
끝내, 훈장이 될 아들도 남겼다

위기에 처하자 도마뱀 남자는
꼬리를 자르고 사라졌다

칼로 만든 산과 바다를 건널 때
소원이 얼어붙지 않도록
밤새 호호 불면서

인연이 짧았을 뿐이라며
순정에 때 묻힌 그 남자 미워하지 않았다

쉬운 길 가지 않고
바른 길 택한 저 위대한 어머니

하루보다 더 긴긴 하루

아모르파티 2

같은 골짜기를 가지고 있는 미혼모들
무릎을 꿇기엔 아직 이르다

얼룩 없이 운명을 사랑하면
운명이 너를 거두리

아버지 없는 자식에게
미안해하지 않기를

얼굴과 얼굴을 마주한 채
모든 처음을 함께 맞이한 남자

"당신은 안개였나요"

눈물 얼룩에는 별무늬가 숨어 있단다

아가야!
눈물인 이 길을 눈물 없이 가야지
배 속에서 자장가를 들은 아기는 덜 운다고
엄마는 밤마다 자장가를 불렀다

너를 보내는 가련한 여인을 잊어라
너를 보내는 가난한 나라를 잊지 마라

부디, 다음 생에는
줄을 잘 잡아야 한다
줄 중에서도 탯줄을 잘 잡아야 한다

너를 낳아서 미안하다
절대 용서하지 마라

찬밥 한 덩이를 먹을 때보다
반찬의 가짓수가 늘어날수록 더 아프다

어디에 있든 행복하여라
들 수 없는 것을 들지 않는 것이 진정한 힘이다

부디, 갖지 못한 것 원하다가 가진 것마저 잃어버리지 마라

밤하늘의 별자리를 바꿀 수 없듯이
태어나기 전부터 많은 것이 정해져 있단다
눈물 얼룩에는 별무늬가 숨어 있단다

혼자 노는 것이 제일 쉬웠어요

얼마나 절망해야 이혼을 꿈꾸게 되는가?
원래 가장 높은 것은 짝이 없다

부처님의 가피로
하느님의 은총으로
알라의 은혜로
이혼에 성공한 여자
세상의 중심에서 자주독립을 외치다

그 후에 오는 것들
무서운 것은 등 뒤에 있었다

삼천 개의 헛소문의 입
삼만 개의 비난의 화살
뭐, 미친 사람을 원수까지로 삼겠는가?

작은 어리석음에서 얻은 큰 깨달음
사랑에 미치지 말고 자신에게 미쳐라

결혼도 이혼도 인연을 쓰는 한 방편일 뿐

자신의 방식으로
영광의 역사가 된 여자들

돌싱이여, 만세!

가을이다. 가슴이 찢어진다.

—니체

백척간두
그 극한의 선, 수목한계선
마음껏 휘어진
땅으로만 기어 다니는 모로 누운 나무들
박복한 운명이다

자신의 불행을 감당하기 힘들어
여자를 붙잡고 고비를 넘기려는 비겁한 사람아
불쌍하게 보이는 것은 폭력이다
너는 어떤 낙인을 숨기고 있느냐?

어설픈 관용이 부른 참사
베푸는 것과 함께
베푸는 것을 경계하는 일이 더 거룩하다

되돌아가기에 너무 깊은 곳은 없다
백복으로 장엄한 관음의 얼굴을 회복하고
나의 왕국에 군주가 될 시간

>
아담이 입던 옷
마지막 잎새 떨어지는 소리
어, 허공이 찢어진다

이혼하기 좋은 날이다

석가족이 되고 싶었어요

1
내 몫의 풍파를
함께 견디어 낸
이름 없는 풀꽃들이여
광목으로 지난날의 나를 고이 싸서
밤 기차를 탄다

2
갓바위
약사유리광여래불전에
돌부처 한 분 모셔 놓고
작별을 고한다

어머니 참회합니다
평생에 죄 하나 짓습니다
석가족이 되고 싶었어요
부디 용서하소서

3
대구는 비안개에 젖고

팔공산은 구름에 흐르고
나는 기쁨의 눈물에 젖어 있었다

봄날은 갔다

혼자 남겨진
세탁소 옷걸이

"거기 아무도 없나요"
위태로운 목소리

천둥 같은 침묵
그림 속의 남자는 아무리 불러도 대답이 없다

제2부

그런가

참 철없이
어리석은 세월이었지
뒤돌아보면
물을 가르고 달린 시간

섣달그믐
9시 저녁 뉴스

건물은 전소되고
69세 남자와 놀러 온 두 살 아래 여동생이 불에 타 죽었다고

그런가
무시도 강력한 의사 표시
네가 어떻게 응징되는가 관심이 없다

다시, 자유다

"이 모든 것이 끝났으면 좋겠어"
빈센트 반 고흐의 마지막 한마디

이제사 압니다
그가 귀를 자른 까닭을

잘 살 수 있는 남자도 아닌
잘 헤어질 수 있는 남자도 아닌
이 하찮은 것까지 열렬히 사랑할 필요가 있을까요?

나는 사랑을 잘못 배웠습니다
언제나 내 취향을 철회할 준비가 되어 있었던
남을 잘 돌보는 성격의 함정

다시는 살려 내지 마시라
관 속에 갇혀 있는 드라큘라를

죽이지도 않았고
죽지도 않았습니다

>
억하심정으로 물고 늘어지는
큰 복을 감당 못한 박복한 남자
나는, 이것과 씨름할 시간이 없습니다

다시 만난 세상
다가오는 행운을 향해서 다가서는 것

이혼, 존중받아 마땅한 선택입니다

그래 봐야 불륜이다

삶은 이따금씩 사람을 무너뜨린다
느닷없이 쳐들어온 젊은 여자

일부일처제에선
일생에 단 한 명이 아니라 한 번에 한 명씩을 의미한다

그냥 첩이다. 영원한 첩이다
그래 봐야 불륜이다. 무허가 사랑이다

모든 것이 제자리를 잃은
희망 없는 새벽
그 남은 기척에 오래 울었다
식탁의 빈자리는 이제 홀로 감당해야 할 몫이다

나는, 빼앗길 들 위에 서 있다
저지른 잘못과 저지르지 않은 잘못까지 감당하며
세상에서 가장 슬픈, 고향을 떠나는 이사를 한다

내가 쓰러지면 그들이 웃는다
저녁 있는 배고픈 삶을 반납하고

죽을 듯이 살아 낸 어제
꿈결에서만 오고 간 고향, 진주에 입성했다

층층이 언 동지섣달 얼음 같던 그 남자
자신의 검은 빙하에 갇혀 암으로 죽었단다
당당하던 그 여자의 안색은 묵은 오이장아찌 빛깔

가망이 없는 인간은 아무도 미워하지 않는다
온 동네가 미워하던 그 시절을 그리워하지 않을까
미움받는 것보다 동정받는다는 것은 얼마나 더 비참한가

사랑과 전쟁은 끝났지만
지금도 어디선가, 누군가 울고 있다

묻지 마라, 종은 누구를 위해 울리나

좀처럼 끝나지 않을 열대야

샤넬과 프라다가 준결선을 치르고
결승에서 찢어진 비닐 봉투를 만난 여자
비닐 봉투는 점점 더 찢어지고

난감하다
아내를 엄마로 착각하고
파리를 새라고 우기고
주말이면 소파에서 시체 놀이

기품 있는 저녁은 부도나고
검은 머리 파뿌리 될 때까지 평등하게는
코 풀어 던진 휴지 조각

자식 때문에는
남편의 학대에 길들여진 여자들의
백 년간의 긴 변명

\>

마장도 보고 나야 경계를 올라서듯이

지상에서 누리는 최고의 향락, 혼자라는 기적

부부의 날

한국에만 있는 날
오래오래 둘이 하나 되어 잘 살라고
5월 21일이란다

헐, 소오름
연리지는 신의 저주인가?

내가 걸린 도박

진딧물처럼 달려드는
나와 삶의 규칙이 다른
이 남자는 힘일까? 짐일까?
끈끈하게 사귀는 것은 사람을 흔드는 것이다

인조 속눈썹만큼이나 불편한
가지면 외롭고 못 가지면 괴로운
이 남자는 안 맞는 옷이다

함께라면 넘을 산도 두 배
버릴 수 있을 때 버리자
옷에 묻은 빗방울을 털어 내듯이

어느 결혼식

무대는 늘 위험하고 외롭다
링에 오를 때는 맞을 각오를 해야 한다

너무 높아서 머나먼
여자는 다른 세계를 품고 있었다

일치도 떨어진 상태도 아닌
그저 곁에만 있어야 하는

바람이 매서울수록
연은 더 신나게 날고

길은 오리무중

비틀대는 이중주
여기는 겨울 왕국

질문은 계속되어야 한다

신데렐라와 결혼한 왕자는 행복했을까?
왕자와 결혼한 신데렐라는 행복했을까?

시간은 무자비한 자원이다
누구나 '평생 함께'라는 약속은 두렵다

결혼은 왕자를 만나는 것이 아닌
진짜 도반을 만나는 것이다

결혼은 미친 짓이다 1

세상 모든 남자들은 너의 선악과善惡果
너 자신이 스스로를 유배시킨다

파뿌리 될 때까지 고작해야
유통기한 백 년인데
멀쩡한 자유인이 왜
백 년이나 노예 계약하는가

독한 선서에 자필 서명하고도
웃고 있는 저 넋 잃은 여자

결혼은 미친 짓이다 2

프랑스 출신 세계적인 석학 자크 아탈리는 "2030년에는 결혼 제도가 사라지고 90%가 동거로 바뀔 것"이라고 전망했다. 그가 1999년에 펴낸 저서 『21세기 사전』에 쓴 말이다.

깨지는 정상 가족 신화
집단주의를 뒤흔드는 일인 가구

정상의 기준에 저항하는 신인류들
사랑의 완성은 결혼이 아니다
이들의 사랑은 제도 밖에 머물러 있다

전통적 가족 아닌 선택적 가족으로도 둥지를 만들 수 있다고
결혼이라는 이름의 폭력성에 맞선
중심을 긴장시키는 변방의 목소리

할 말은 해야지요
의지한다는 것은 또 다른 병적인 관계의 시작
인생이 병인데 그 안에서 결혼이라는 무거운 병 앓지 말기를

결혼은 미친 짓이다 3

그 누구보다도 이방인
내가 끼어들 자리가 없다

뿌리 뽑힌 채 흔들리고 떠도는
실뿌리도 못 내린
이 땅 위에 무엇을 세우고자 하는가?

나처럼 여긴다는 말은
결코 '나는 아니다'라는 말
나는, 여전히 변방의 파이터

잘되면 아들 탓, 못되면 며느리 탓
장님이 눈을 떠도 색깔을 구분하는 데 3년이 걸린다는데
사돈네 오이 먹는 방법도 열두 가지라는데

유령인가?
목소리 높여도 울림이 없다

망하는 데도 법이 있어
대가를 치르고 얻고

대가를 치르고 잃는다

자신을 잃지 않으면 아무것도 잃은 게 없다
자립할 수 있는 인간만이 존중받는다

사람은 누구에게나 복전의 터가 있다
명사십리가 아니면 해당화는 왜 피고
봄꽃이 아니면 두견이는 왜 울겠는가?

졸혼을 허許하라

너는 우리를 이끌고 가는 가장이 아니라
개떼처럼 몰고 가는 두목이다

너의 뛰어난 나쁜 능력
함께 사는 게 재앙이다
뜻을 사모하여 만난 사람도 아닌
그저 운수 나쁜 날 만난 모진 인연

각자 자기가 만진 코끼리를 말하면서
매일매일 미쳐 간다
차라리 떼를 쓰다가 죽어 버려라

어항 속의 자유를 반납하고 성城을 넘어서
진짜 코끼리를 만지고 싶다

내 일로 아파하고 내 일로 절망하고 싶다
다시는 괴물들에게 잡아먹히고 싶지 않다

위로형 상품, 해외여행
그리고 너의 혀 짧은 해설은 진절머리가 난다

>

내 인생의 마지막 변화구를 허許하라
우리는 우아하게 총총총 떠나야 한다

폭풍 전야

너를 싫어하는 맘
숨길 생각이 없다
네가 문을 나선 후에야 깊은 숨을 쉰다

너는 불청객이다
너 때문에 악몽에 시달린다
이제는 단잠을 자고 싶다

마지막 가을이기를 기도한다
소인배들이 누더기처럼 걸려 있는 이 집에
내일도 있어야 한다는 필연성은 없다

미친 듯 폭발할 듯 떠들지만
너는 기껏해야 잡담가에 불과하다
나는, 이 집에서 석방을 원한다

생은 모든 앎의 거점
서랍에 넣어 둔 지적 귀족주의와 고독한 관계를 맺고 싶다

은처隱妻

아버지를 아버지라 부르지 못하고
남편을 남편이라 부르지 못한다

비극의 요소를 골고루 갖춘 가족
눈물로 꾸역꾸역 채워진다

무대 위 유령, 페이지 터너page turner[*]
어떠한 움직임도 허용되지 않는다
왼쪽 뒤에 앉아 왼손으로 악보의 오른쪽 위 모서리를 잡고
조심스럽게 악보만 넘긴다

입장할 때는 연주자와 일정 거리를 유지하고
없는 사람처럼 검은색 옷을 입고 장신구도 하지 않는다

숨어서 숨 쉬는 여자
깡마른 몸에 까칠한 성격
근거 없이 아무나 무시하고 트집 잡고
모든 부정성은 사랑받지 못한 데에 대한 반응이다

[*] 페이지 터너page turner: 악보 넘겨 주는 사람.

특별한 재수강

늘 고대하는 드라마는 없다
시작보다 더 힘든 다시 시작

누구와 동행하느냐에 따라 존재감이 달라진다고
좋은 배우자를 놓고 관능에 아첨하며
치열하게 경쟁한다

그저, 조금 주목할 만한 존재일 뿐인데
닭 잡는 데 소 잡는 칼을 쓰다니

흔들면 흔들리는 노예급 호구를 기다리고 있었던
자기가 져야 할 책임을 모르는 것처럼 살았던 이 남자
꿈만 많고 자주 포기하는 사람

관리되는 내 감정
기가 막히고 코가 막히긴 마찬가지
기대의 시간은 짧았고 회의의 시간은 길었다

바둑도 인생도 복기復棋가 피할 수 없는 과정인데
기억력 부족으로 반복해서 미워하느라 진이 빠진다

50

>
아름다운 구속은 없다
전쟁만큼 무지한 억압과 욕망의 격전지
성장하지도 성숙하지도 못한 시간
마음이 가파르다

세계에서 제일 나쁜 남자는 결혼한 한국 남자일까?
이 지루한 수업에 폐강閉講을 선언한다

골드 미스

내 사전에 '이만하면 됐어'는 없다
나부터 갖추면 갖추어진 것들과 소통할 수 있다고
보채는 나를 달랜다

달려가고 매달리는 대신
구하지 말고 있는 것 쓰는 평화
그래도 평화는 늘 깨지기 쉬운 가치

성공하려면 자신의 게임을 해야 한다고
몸값을 높이는 것이 최고의 재테크라고
주문을 외운다

누구 때문에 비틀거리지 않고
서원에 헌신하는 여자는
립스틱 짙게 바르지 않아도 충분히 눈부시다

사랑하는 일과 사랑하도록 놔두는 일
둘 다 당분간은 '응답 없음'이다

무엇을 가지지 않을 것인가

무엇을 하지 않을 것인가를
분명히 아는 여자들에겐
감히, 떠도는 놈이 붙지 못한다

깨어 있는 휴식
별 다방 커피 한 잔, 로맨틱한 하루

워킹 맘

세계노동기구 · OECD 분석, 글로벌 지표 줄줄이 불명예,
한국은 저임금 여성 노동자 비율에서 전 세계 1등을, 여성이
얼마나 일하기 좋은지를 보여 주는 직장여성지수에서 꼴찌를
기록했다.

—《매일경제》(2019. 3. 19.)

하는 일은 많은데 되는 일은 없는
더 많이 빌리고, 더 오래 못 갚는
파김치의 삶만이 기다릴 뿐이다

그냥 일이 아니다. 내 일이다
사랑에 넘어지고 돈에 꼬꾸라졌지만 일에는 넘어지지 않겠다
이 업종에서는 구루가 되고 싶다

선물받은 뽀빠이 인형을 쓰레기통에 버렸다
자기도 원수 같거늘 하물며 남에게서 얻으랴

어떤 놈은 대책 없이 못났다
남자가 출세하면 여자부터 바꾼다고
남자가 불행해졌을 때만 사랑은 성공할 수 있는가?

\>
일백 번 고쳐 죽어 마땅한
비 맞은 고양이를 호랑이로 키운 죄

폐허 위에 불러온 낙원
고난의 행군에 동참한
연등 같은 아이들이 깃들어 사는 집

강한 자만이 모든 것을 지킬 수 있다
독해지지 말고 강해지자고
결코, 약자여서는 안 될 나를 위하여
브라보!

죄罪 1

이따위로 해
너는 저따위로 해서 그 모양이냐
견고한 학문적 토대도 없이 목소리만 큰 남자

가혹하고 야한 실수
평생 동안 이룬 일을 PD수첩이 한 방에 날려 버렸다

빈대떡처럼 꼭꼭 눌러서 납작해진 남자
여자를 만만하게 본 죄罪다

깨닫기 위해 지구의 종말까지 와야 한다면 너무 비참하다

죄罪 2

나무를 쓰러뜨릴 때
완전범죄를 저지른다

아프리카 한 부족은
사흘 밤낮으로 소리를 지르면
나무는 그만 혼이 빠져서 자살을 한다

나쁜 남자보다 더 치명적인 못난 남자들의 고문인가, 저질의
폭우 퍼붓는 사랑의 말에
여자는 한 그루 아프리카 나무
여래를 등지고 실신失神한다

감정에 복종하고 자신을 기만한 죄罪
참회하소서
피가 거꾸로 솟을 때까지

제3부

딸아

흉내 내지 마라, 손가락 베일라
춥고 배고프더라도
자기 손가락을 들어라*

깔딱 고개 넘을 때
서럽게 한 사람들을 기억하지 마라
때론, 밑지는 것이 복이 되더라

볼링 핀처럼 쓰러진
그 자리가 새 출발점이니
파란만장의 힘으로 일어나라

14경락, 365혈자리 모두 열어
잠들지 마라
부디, 아무도 잠들지 마라

* 구지선사 손가락.

책 읽는 여자는 위험한가? 1

당신은 착각하고 있다
이미 남편은 아내에게 모든 것이 아니다

지금 무슨 생각을 하고 있지?
그녀의 생각은 지금 여기에 있지 않다
무식한 남자는 그곳으로 쫓아갈 수 없다

운명의 한 줄과 만난 여자는
그 남자의 지성에 항복하러 갔다

책에 매혹되어 있는 여자는 통제할 수 없다
그래서, 남자는 책 읽는 여자를 두려워한다

책에는 앞치마를 벗어 던지고
명령을 거부할
혁명의 씨앗이 들어 있다

무식이 뭉치면 유식을 이긴다 했는가
과도하게 강한 주장과 확신은
무지의 다른 이름

\>

남자의 무지에 질식해 여자는 죽고

상복喪服이 가장 잘 어울리는 남자의

너그럽고 평화로운 한 줄

"이제 나는 괜찮아요. 내 아내가 어디 있는 줄 아니까"

책 읽는 여자는 위험한가? 2

책은 우리 안의 얼어붙은 바다를 깨는 도끼다.
—카프카

다시 묻노니
그대, 마비된 혀로
무엇을 말해 주는가?
무엇을 말해 주지 않는가?

금붕어보다도 집중력이 짧은
술주정뱅이의 혓바닥은
"나는 술이 안 취해서 미치겠다"

평생을 분서갱유의 시대에 살고 있는
네가 할 수 있는 것은
술 취하는 것과 술 깨는 것
세상의 모든 음식은 술안주

서재를 책들의 공동묘지로 만들고 있는
너의 영혼의 무게는 몇 그램이냐

아무튼, 마이 웨이
우리는 서로에게 건너갈 수 없다

사시나무도 안 흔들릴, 명품 따위는 필요 없다
집필 노동자들의 위대한 기예
오직, 심장이 감동받기를

눈을 비벼 가며 붙든
나무 한 그루를 벨 만한 가치가 있는 책
예리하게 그어대는 황홀한 문장

숨 가쁜 세상에서, 짧은 도피
책과 우정을 쌓는 시간

책 읽는 여자는 위험한가? 3

오탁악세와 경계선을 긋고 있는 곳, 서재
책 읽는 여자는 거룩한 일에 쓰이도록 선택받은 존재
총으로도 책을 덮을 수 없다

온몸이 책의 향기에 쩔은
우주적 품위

수많은 관점이 될 때 드디어 원이 된다고
그래서 독자가 멸종된 작가는 없다

가난은 책의 가난이기도 하여
낡은 가방을 그냥 들고 새 책을 산다

그래도 한 권 더!

책 읽는 여자는 위험한가? 4

나는 책 읽기 이전으로 돌아갈 수 없다

제길, 하마터면 평생 갇혀 살 뻔 했잖아요
죽음의 수용소에서

엉뚱한 곳에서 행복 찾는 것은 질병이다
나는 알고 싶다
너의 테두리를 벗어난 나의 삶이 무엇인지
내가 얼마나 모르는지

책상 하나로 최고의 일터가 된 집에서
시 쓰다가 책 속에 파묻혀 잠들고 싶다

겁 많은 개가 더 많이 짖는다고
시도 때도 없이 마구 짖어대지 말고
가전주부 로봇 청소기, 건조기, 세탁기와
오래오래 행복하게 살길 바라

책 읽는 여자는 위험한가? 5

책장엔 추억이 꽂혀 있다

좋은 날을 위해 건배만 하다가
힘들게 운명을 살아 내고 장렬하게 패배한 사람
나를 아프게 한 것은 그가 죽었을 때뿐이다

늘 뒤에서 책만 골라 주던
후불탱화 같은 사람
만 권의 무거운 책, 추억은 더 무겁다

훈수꾼만 있고 선수는 없는 세상
책장에 기대어 홀로 일어선다

나 말고 무엇이 된단 말인가?
최고의 공양은 스스로를 밝히는 일
타고난 경건 속에서 내일도 책을 읽을 것이다

책 읽는 여자는 위험한가? 6

무식이 상식인 너에게
굳이, 말하자면
"규정된 이론이 가장 해롭다"
이건 상식 중의 상식이고 기본 중의 기본이다

부유층은 될 수 있어도 상류층은 될 수 없는
나만 옳다는 눈먼 열정
"그래서 너는 안 돼"

너는 아직 승리한 것이 아니다
가끔 이기지만 임자 만나면 한 방이면 족하다
결국 책 읽는 여자가 너를 읽을 것이다

매우 아픈 지점
누가 검은 페이지를 펼쳐 볼 것인가?
해석의 폭력을 거부하고, 인식의 폭력을 거부하고
운명을 창조할 수 있는 학문을 가지고 싶다

서재로 숨어들어
값싼 유대를 버리고
값비싼 외로움을 걸친다

책 읽는 여자는 위험한가? 7

못 박은 사람은 떠나고
혼자 남아서 박힌 못을 뽑는 밤

눈물을 닦고 슬픔까지 닦으며
그냥 책장을 넘긴다

20년 감옥 생활을 견디게 하는 것도 독서
누가 뭐라고 하든지 나의 책을 읽는다

권투 선수는 맞을 때도 눈을 뜨고 있어야 산다
학자도 눈을 감으면 죽는다

음미되지 않는 삶은 싼티가 난다
팔만 사천 가지 허물의 뿌리는 무지
하늘은 책 읽는 여자를 귀히 여긴다

책 읽는 여자는 위험한가? 8

책의 지위가 위축된 시대
책을 외면할 때 죽는 건 인간이다

배는 줄줄해도 등은 따뜻했던
늘 위기가 아닌 적 없었던 출판계의 역사

명품 삼매에 빠져 있는 불쌍한 여자들을 외면하고
작정하고 시간 내서 책 읽는, 외롭게 개성을 지킨 여자들
미친 듯이 예뻐지기를!

모든 걸 버리고 원하는 소원 하나
강철 같은 지성으로 책상 앞에 앉는 것

책, 우리는 많은 날을 함께 가야 한다

아픈 경치

용돈을 만 원을 요구하다
늘 오천 원만 받은 네 딸들이 모여
아버지 제사상을 차린다

만 원을 요구하면
늘 이만 원 받던
그 잘난 아들은 오늘도 행방이 묘연하다

딸들에게 미안한 어머니는
동태전을 부칠 때도
고사리나물을 볶을 때도
그
리
고
아무 말도 하지 않았다

여자는 친정이 잘살아야
기죽지 않고 산다던 어머니
효심을 쥐어짜면 착취가 되는가?

>
현관문을 나설 때까지
끝내 하지 못한 말
"엄마, 딸들에게 왜 그랬어요?"

봄이 온다고 누가 그캅디까?

얼마나 울어야 삶은 지켜지는가?

창원산업단지, 혹한이 오고 있다
점점 약해지는 바다의 맥박
일단, 체온을 유지해야 살아남는다

가슴을 태우는 검은 연기
할퀸 일자리
내 삶이 털렸다

100만 원 벌면 21만 원은
쓰기도 전에 나가는
월급날만의 행복도 끝난 지 오래

공장에 불났어요
사장이 미쳤어요
점포 정리 마지막 날, 극한 세일
발품을 팔다 만난 아내

나는 알바. 아버지는 자영업자

아내는 공순이가 아니고 이순자다

우리들의 쉴 만한 의자는 어디 있는가?

벼락 같은 부귀영화는 꿈도 꾸지 않았다
그저 남부럽지 않게, 남의 눈에 눈물 나지 않게

봄을 이기는 겨울은 없다고
희망이 우리를 복장 터지게 할지라도
목숨의 끈으로 억세게 이어 가는 것이다

공양

집에는 없고 식당에만 있는
가정식 백반

때려서 키운 버섯무침
격이 다른 소금으로 끓인 콩나물국
덜 아픈 바다에서 잡은 멸치볶음
잘생긴 무나물
펄에서 갓 잡은 게장무침
엄마가 섬 그늘에서 캐 온 어리굴젓
무지개 밥상이다

남자와 멸치는
달달 볶아야 제맛이 난다고

그래서
순악질 여사가
남자를 잡고 사는가 보다

박경리 선생의 고향 충무 앞바다에서
가족과 헤어질 때 흘린

멸치의 눈물까지 꼭꼭 씹어 먹는다

멸치 한 마리
내 몸에 와서 사람 하나 살린다

밥을 먹는 이와
밥을 베푼 이
그리고 밥이 다 함께 거룩해지는 시간이다

나 홀로 공양 시간

적막강산에서
밥 한 숟가락 떠 넣는다

국민연금보험공단에서 지정한
나는 독거노인

배는 촐촐해도 등은 따습다고
애써 우기면서

고비사막도 아닌데 모래가 씹힌다
밥보다 더 많이 먹고 살아온 모래
이 풍진 세상에서

뼈대 있는 집

한 달 전에 마신 술까지 해장한다는
해장국집 간판이다

주인 아지매는 맛으로 뼈대를 증명해야 한다

가히, 명문가의 자손이다

짧은 평화

강아지를 안고 있을 때
새로 산 귀걸이를 하고 거울을 볼 때

남자는 힐긋힐긋 훔쳐보고 여자는 구경되는 자신을 즐긴다
잠시 즐겁고 두고두고 괴로운 불안한 행복

김밥 천국

절벽 위의 자투리땅 한 뼘
거기 빛나는 천국의 길이 있다

배곯아 본 사람은 안다
김밥 한 줄
그것이 천국의 길이 된다는 것을

열무를 다듬다가

몸짱인 열무 한 단
매운 비바람 속에서도
부시도록 닦은 몸매

몸짱인 열무들이
목숨의 빈틈을 메우고 있다
숨죽이고 뒷줄에 서성거리며

앞줄에 나서지 말고
그저, 세상 틈새나 메우며 살기를 바라는

나, 그런 자식은 아니었을까
그런 제자는 또 아니었을까
속눈물 그렁그렁한 열무김치 한 사발

가난한 사람들은 늘 수줍다

비루한 삶
출구가 막혀 버린 열정
부러진 사다리

겁에 질려 벌벌 떨며
부자들 옆에서 곁불만 쬔다

'을'의 꿈은 '갑'이 되는 것이 아닌
그저 평등한 세상

그날은 오긴 옵니까?

필요한 것인가?
원하는 것인가?

매일매일 욕망을 검열하며
아, 가난의 표정은 늘 수줍다

아버지의 슬픈 꿈은 여기서 멈춰 서야 하는가?

몸은 답을 알고 있다
몸에 시자를 잘해라
천겁을 아비지옥에 빠진다

돈을 벌기 위해 건강을 잃어버리고
건강을 되찾기 위해 돈을 탕진한다
저축한 돈은 바닥나도 삶은 계속된다

바깥 생활을 하시다가 꼼짝없이 집에 갇힌 아버지
가끔 집에 오시는 아버지가 아니라
드디어 집에 계시는 아버지가 되었다

제일 잘하는 것은 몸 부서져라 일하시는 것
제일 못하는 것은 노는 것과 위로와 칭찬
아예 못 하는 것은 자신에게 복 짓는 것
젊어서는 아내를 서럽게 하는 남편이었다

세상에서 밀리고 가족에겐 왕따
다양한 방식으로 소외되어
각자의 방식으로 파멸되었다

겉으론 사람 모습이지만 이미 명부에 올라가 있는 아버지

스스로 만든 법정
저승에서도 맺힌 것은 여전히 맺힌 채다
지옥 가는 데 보탬이 된, 이고 진 아픔
아버지의 꿈까지 살아야 하는 자식들

탐심貪心

오늘내일하는 할아버지
가늘게 담배 연기를 피워 올린다

언제쯤 탐심이 끊어지겠습니까?
담뱃재를 떨면서

재가 될 때까지, 내가 재가 될 때까지

제4부

행복이 아득한 집

"어디 살아요"
현대판 호패, 거대한 모욕의 피라미드

절박한 물음
머슴살이하듯 바친 청춘은 다 무엇인가?

청춘을 아파트에 바치고 아파트를 받치고 살다가
겨우, 빚을 갚고 나면 죽을 때가 된다

집이 커지면 사는 사람도 커져야 하는데
돈도 없고 가오도 없이
집에 눌려 숨만 붙어 있다

봄이 와도 봄 같지 않다

젠장, 너무 늙었다

나이만 빼고 좋은 것 다 먹고 싶다

애들은 아프면서 크고
어른은 아프면서 늙는다

나이 드는 것은 죄도 벼슬도 아니다

고랑 진 얼굴, 설움에 무너진 눈동자
어떤 폐허의 마지막 기둥
노인이 아는 것은 옛날밖에 없다

노인은 되지 말고 어르신이 되고자 하지만
기습적으로 다가오는 디지털 시대
노인의 삶은 숨차다

일주일만 젊었으면, 중얼거리지만
희망은 있어도 가망은 없는
다시, 호시절은 없다

나이는 사랑과 같이 숨길 수 없다

장엄론莊嚴論

삶은 한 권의 책을 쓰는 일이다. 당신은 이 장엄한 책의 유일한 독자다. 여생은 원고를 퇴고할 수 있는 시간이다. 신身·구口·의意 삼업三業으로 그려 낸 문양의 품격에 따라, 명작이 결정된다. 천 개의 꽃잎을 가진 연꽃 문양을 완성하고, 마지막 목적지에 도달하여 자유를 획득한 사람은 명장이다. 운명은 여러 연緣들이 밀고 당기는 한가운데에 자리하고 있다. 이것들은 때로는 차원 있게, 때로는 처절하게, 때로는 살벌하게 환상을 팔아 왔다. 중심을 잃고 남의 정신에 의지해 살고 있는 사람은, 자신이 주인공인 책에서조차 변방으로 내몰린 채 쫓겨날 지경이다. 역사의 굴레를 극복하고 일어서는 자만이 주인으로 살 수 있다.

성현들은 운명에 의존하는 것이 아니라, 주어진 시간에 퇴고를 거듭하여 스스로 운명을 만들어 가는 입명立命을 주문한다. 서산에 해 질 무렵, 엄마가 자식들을 집으로 불러 모으는 시간. 소꿉놀이를 그냥 두고 집으로 향하듯이, 인연이 다하면 치열했던 한 권의 책을 끝내야 한다.

님아, 그 돈 아끼지 마오

어머니께서 밤 두 시에 돌아가셨다

당신은 지옥행이다
착하게 살았지만
자신에게 너무 인색했으므로

신성한 의무는 자신을 사랑하는 것
보시는 먼저 자신에게 베푸는 것

절약을 그렇게 폭력적으로 하는 게 아닌데
당신은 자신에게도 남에게도
한 번도 과하게 베푼 적이 없다

인색함이란 아직 흉함에 이르지는 않았으나
장차 흉함에 이르게 될 것이라는 짙은 예감의 상태

자식들에게 약간의 풍요도 남겼지만
더 깊은 상처도 남겼다

많은 것을 가졌지만 아무것도 못 누린

한 푼 한 푼 태산같이 모아
귀때기 새파란 의사에게 굴욕적으로 털렸다

서문시장 골목마다 흥정한다고 실랑이 벌이는 건
절약이 아니다
좋은 걸 오래 쓰는 것이 절약이다
당신은 경제를 주먹구구로 대했다

그렇게 당할 걸 목숨 걸고 살지 마오
님아, 그 돈 아끼지 마오

푸른 고시원 1

작은 창문을 통해 인색하게 들어오는 햇빛
방이라기보다는 관棺에 가깝다

포우가 죽어 가는 애인을 품에 안고
속수무책으로 넋을 놓았던 그 방이 이러했을까

중환자 속을 걸어가듯이 가만가만한 움직임
고시 팔수생의 낮은 울음소리

방 안에 구겨진 사연들이 흥건하다

푸른 고시원 2

더불어 노량진 시대
고시원에 갇힌 청년의 꿈
일어나! 좀 더 너를 불태워 봐

명절을 잊은 열아홉, 스물
컵밥 거리 뒷골목에서 한 끼를 때운다

울퉁불퉁한 세상
절망의 외딴 방에서 단독 비행

언젠가는 잘될 거라고
큰 세상으로 이어지는 틈새를 바라보는
오래도록 슬픈 꿈

가끔 탈출도 하지만 끝없이 이어지는 행렬
큰 그릇을 이루기도 하지만
작은 그릇들은 찌그러지는 곳

누가 함부로 용이라 부르는가?

엄마, 왜 오빠는 명절에 일 안 시켜?
오빠는 공부해야 돼!

엄마의 일생에서 아들이 신이다
아들에게 목매달다
며느리에게 밀려나서 희미해진 엄마
며느리살이 참혹하다

아들은 늘 옳다고 외치는 덕분에
위계는 속절없이 무너지고

한 번도 공정거래를 배워 본 적이 없는 아들은
어디에 화를 내야 하는지 몰라
저항할 수 없는 사람에게 분노를 쏟아 낸다

인과는 시차는 있지만 오차는 없어
아들은 과하게 누린 운을 세상에 되돌려 주기에 바쁘다

용은 조폭들의 등에만 새겨져 있을 뿐
신화에 갇혀 있는 그는 용이 아니라

사실, 겁에 질린 병든 미꾸라지에 불과하다

딸들에겐 엄마도 타인
킹메이커를 강요당해 온 딸들의 삶

기회균등의 사기극에 평형수를 채우며
아들이 성취한 영광을 늘 비웃어 온 딸들은 최고가 되었다

영정 사진

여기서부터는 타관

무거운 몸은 두고
달랑 마음 하나 들고 떠난다

사진으로 남은 백년전쟁
그 속에 깃든 비명

첫 숨과 마지막 숨까지
죽음과 죽어감에 대한 마지막 수업

그래, 여기까지 잘 왔다
평생 동안 준비한 죽음 아닌가?

삶은 죽음에 의해서만
깨어날 수 있는 꿈이다
살아가는 재미란 죽어 가는 재미에 불과하다

귀하게 와서 귀하게 가신 분
살았던 적이 없는 사람처럼 그렇게 죽었다
마침내, 자신을 온전히 표현한 큰 삶이다

탱고 1

남자들의 가둬 놓기와
여자들의 풀려나기 사이
터지는 팽팽한 긴장감

지상에서 가장 짧은
삼 분간의 불꽃 연애

탱고 2

부에노스아이레스 보카항의 남녀 비율은 50대 1
일생에 단 한 번, 3분간의 기회

깊게
더 아름답게
기괴하게 회오리치는 정열의 그 문양

지독한 상대
가혹하고, 뜨겁고, 비장한 시
얼음과 불의 노래

암호 같고 계시 같은 몸짓
나를 방어하지 못해
춤 속에 내가 깃든다

날마다 고비인
사랑의 근처를 맴돈다

남녀가 서로를 배려하고 균형을 맞추는 곳
어떻게 사랑해야 하는가를 가르쳐 주는 곳

오! 피에타 1

얻은 것은 족쇄뿐이요, 잃은 것은 전 세계다. 프롤레타
리아인 그 여자

정자와 난자, 자궁까지도 상품이 되는 야만적인 자본 만
능 세상. 피아니스트로 등극하기 위해 팔 수 있는 것은 모
조리 다 팔아 치운다. 금지선을 지워 버린 여자는 세계 속
으로 질주한다.

분노의 바다에 멍 든, 고등어 등짝처럼 시퍼런 자본의 드
레스 자락 너울거린다. 음표마다 값을 매기는 가격표가 시
도 때도 없이 흔들린다.

진짜를 은닉하고 사랑을 조롱한 비릿한 영혼의 절규.

오! 피에타 2

도시는 자본주의의 자궁이다

"샤넬 옷을 샀더니 전기와 가스가 끊겼어요."
물질을 얻고 나를 잃는 것, 쓰디쓴 돈의 맛이다

온몸이 신분증인 시대
속은 병들고 겉만 멀쩡한
위독한 각선미

너는, 유리 독 속에 몸을 감춘 것
명품으로 아름다워지려 하지만
아름답지 못한 것, 가리지 못한다

대단하다는 찬사를 조심하라
조금만 살이 쪄도 삭제될 장난감에 불과하다

타고난 귀족은 아니지만
럭셔리한 빛의 세계에서 끝장을 기다리고 있는
강남 사람이라는 새로운 인종

완전 미친 사람과 약간 덜 미친 사람과
신명을 다해 놀아 주되 끄달리지 마라

어쨌거나, 너는 이방인이다

오! 피에타 3

세상에서 가장 초라한 거래는 미모를 파는 것이다
여자의 사랑은 남자에게 더 이상 공짜가 아니다
돈으로만 살 수 있을 뿐이다

제 나이로 보이면 실패자라는 미적 광기
낡지 않는 건 괴물밖에 없다
화려할수록 몰락의 속도는 빠르다
결국 이미지란 시선의 교란을 위해 봉사하는 것이다

치장한 것은 믿음이 가지 않고
고운 것은 힘이 없다

과잉보호는 세련된 학대다
당신은 가시가 필요하다
외로운 늑대들의 요구를 거부하고
내 안의 치명적인 오타들을 초기화하라

그리하여
그대 모습대로 살라

오! 피에타 4

1
거울을 보느라
정지된 엘리베이터
왕자가 와서 키스할까 봐
걸린 불면증

방황하는 욕망의 다이너마이트
게딱지 집에서 고래 등 꿈을 꾼다

2
사생결단 전쟁터에서
새로 장만한 얼굴
20세기 한국의 마지막 천민 집단인가

에르메스 버킨백과 진저백의 거리는 십만 팔천 리
화려하지만 밑그림이 얼룩으로 남아 있다
직녀가 아닐진대 어찌 견우를 만나랴

얼마나 많은 아름다움이 사라져야 하는가?

아름다운 것과 매혹적인 것은 다만 한순간
의 숨결과 소나기일 뿐 저 값지고 황홀한 것
들조차 영원하지 않는구나. 그것들은 나비
처럼 발견되자마자 사라지는 것.
  ─헤르만 헤세 「모래 위에 써 놓은 것」

이제
아름다움은 쟁취의 대상
막 출시된 돈 들인 거품 있는 미모
본 듯한 얼굴, 표절의 고수다

자연이 자연대로 있는 얼굴
복스러운 것은 순하다
이쁜이보다 더 예뻐 못난이라고 부른다

아름다움이란 사물이 성불한 모습
평상심이 그 아름다움을 낳는 어머니
애간장 미모가 아니라
그저, 이모의 얼굴

아름다움과 사랑에 매달리지 않는
무난한 상태, 여기에는 파란이 없다
아름다움을 탐한 자는 멸한다

추함을 꺼려 한 자도 멸한다

미인박명은 그 모습을 살지 못했기 때문이다

대단한 하루

하루 종일 제목 하나 고쳤다
한 글자만 고쳐도 경계가 하늘과 땅 차이

바둑 한 수에 백 집이 살고 백 집이 죽는다
얼음덩어리를 깨는 건 바늘 하나로 족하듯이
시의 승부는 제목에서 절반쯤 판가름 난다

귀신보다 무섭다는 자충수
수읽기는 욕심을 버리는 것이다
혼자 아는 소리로 독자를 괴롭히는 괴물은 되지 말자

상식이 묘수가 아닌가

시인

이미 지친 사랑이다

그저 참을 만한 3D 업종
임시정부의 후손처럼
가난하지만 힘껏 산다

시 귀신이 붙었다
제가 한번 써 보겠습니다
그래도 죽기 살기를 자처한다

시집

알뜰살뜰한 가격
커피 두 잔 값에 정신이 고귀해지다니

립스틱을 팔듯 시집을 팔아서는 안 된다
후천적 귀족으로 진화하려는 꿈을 가진 이들에게
법공양을 올리듯이 바쳐야 한다

대학 도서관에서 시집을 버리다니
인간의 영혼이 이렇게 싸구려로 내팽개쳐지다니
나라가 걱정이다

내가 원하는 우리나라
오직, 한없이 가지고 싶은 것은
시가 맹렬히 소비되는 나라다

시의 미학

독한 사회
학벌 카스트
부동산 계급사회
귀천과 빈부를 정하지 않는 것은 시詩뿐이다

시를 사랑한다는 사람은 많은데
시에 대가를 지불하려는 사람은 적다

슬픔은 시의 자궁이다
자신을 너무 많이 사랑하고
바르게 사랑하지 못할 때 오는
그 재수 없는 후유증
그 순간도 시로 쓰면 앞으로는 밑져도 뒤로는 남는 장사다

땅끝에서 땅끝까지 시詩다

아들의 스토커

땅이 꺼져라 아들 걱정
걱정하면서 키워서 아들이 걱정거리가 되었구나
남은 건 탄식뿐이다

그래도 하늘 아래 목메이는 것, 아들

모성애는 복잡한 거래다
아주 특별하게 위험한 세계다
모진 인연이라 오히려 뿌리가 깊고 질기다

한국적 신비
어머니라는 단어는 희생을 연관어로 갖고 있지만
딸들에게는 가까이 하기엔 너무한 당신이다

아들에게 실망하기를 밥 먹듯이 해도
반성에는 지독히 인색한 엄마
사방팔방 금을 그어 놓고, 아들의 왕국을 건설하고자
척을 짓다가 외로운 생을 마쳤다

엄마도 아시다시피

몰인정 위에 더 이상 딸들은 따위가 아니다
절집에도 생남불공 끊어진 지 이미 오래다

아들은 엄마를 착취하며 살아남는다
엄마에게 남은 건 울퉁불퉁 생강 같은 손가락뿐

노년의 사랑

여자를 울려야 먹고사는 새
제비들도 날아가고
부모, 자식, 남편, 돈도 나를 지키지 못해
빈방을 지킨다

목숨은 호와 흡 사이
그 중간쯤 어디, 어느 귀퉁이

이토록 황홀한 블랙 그레이
멋스럽게 낡은 폐허를 응시한다

늦게 만나서 슬프고 지금 만나서 기쁜
사랑할 시간도 미워할 시간도 너무 짧다

젊어서는 손해 보는 것 같아 전전긍긍했지만
지금은 부족한 것 같아 늘 미안하다

이게 마지막인가?
내일도 두 개의 보온병에 차를 담을 수 있을까?

우리는 서로에게 태산이다

해녀

늙은 며느리는 시어머니 제사에 전복을 올리고 싶다
욕심부려 하나 더 캐다 보면 숨 놓쳐 죽고 만다

평생 차별받은 식탁
제사상만큼은 시아버지와 평등하게 차리고 싶다

작은 병이 큰 병이 되어도
큰 병이 끝내 죽을병이 되어도
흰 실과 검은 실이 구별 안 될 만큼 어두워질 때까지
바다를 떠나지 못했던
전쟁보다 더 전쟁같이 산 시어머니

시어머니가 불렀던 홀로 아리랑
그곳 바다가 더 서러웠는지 그녀가 더 서러웠는지

마지막 저항

내 인생 더위 먹다

연애를 을乙로만 해 본 여자
억압을 숙명으로 받아들여 난폭하게 휘둘리는 사랑

함께할수록 부재중인 이 남자
죽어야 끝나는 관계
마지막 저항이 살인이다

자유로워진다는 것이
얼마나 참혹하고 얼마나 고통스러운가를
하여, 얼마나 환희에 찬 일인가를

평생 처음 밟아 보는 흙
생매장당하는 순간을 잠시나마 즐기고 있는
아비규환 구제역, 살처분 돼지들처럼

갑자기 쏟아지는 빛 속에서
30년 만에 처음, 희미하게 웃는 여자

감옥, 세상에서 가장 먼 여행을 떠난다

폐업

마지막 길

그 아지매는 슬펐다
주어진 시간과 공간에 그저 놓여 있을 뿐
손님이 와도 시선을 주거나 무엇을 찾느냐고 묻지 않았다
손님이 가도 풀린 눈으로 창밖을 바라볼 뿐

아무 데나 최선을 다하지 않았더라면
도와 달라 소리치는 법을 알았더라면

삶의 고비마다 그리웠던 고향
고추를 고추장에 찍어 먹는 대구 사람들
화끈하게 기댈 수 있는 큰 언덕인 줄 알았는데

기대도 없이, 원망도 없이
조용히 침몰 중인 저무는 대구

엄마, 살려 주세요

남녀 성비 불균형이 심한 지역
배우자 만족도 가장 낮은 지역
남편 출신 지역에 따른 아내의 하루 추가 가사 노동
이 분야에서 대구가 압도적 1위다.

태아 성감별로 아들 골라 낳기 위해 여아 1억 6천만 명을 지웠다. 여아는 세상 나오기 전부터 구박받고, 여자로 세상 살기는 더 힘들다.

기가 센 해인 용띠, 말띠, 범띠 해에 수태되었다는 이유만으로 암묵적 동의하에 살해당한다. 특히 백말띠 해의 비극, 대구 지역의 최고 스펙은 남자로 태어나는 것. 남자아이인 경우에만 한 자녀다. 여권이 낮은 도시일수록 여성이 예쁘다. 한때 대구는 미스코리아 진선미를 싹쓸이했다.

대를 잇겠다면서 정작 대를 끊는 짓을 스스럼없이 저지른다. 그 후유증으로 대구는 사회적 벌을 받고 있다. 대재앙, 오늘날 뒷감당을 하느라 고생 중이다. 오냐오냐 키운 아들들과 하루하루를 통과하며 견디고 있는 숨어 우는 아지매들. 인내심은 과히 하산下山의 경지다.

\>

눈치 보며 대학을 졸업하고 박사까지
미투 사건의 이상한 아저씨 "괘념치 말거라"
이런 말 들으려고 무려 박사까지, 자괴감이 든다.

염병하네.
오늘은 커피 맛이 개판이다.

고향

뿌리의 흔적이 남아 있는 조상들의 땅
그곳에 갇히지 않고 더 넓은 세상을 꿈꾸고 배우는 사람들
고향을 버려야 고향에 돌아올 수 있다고 무작정 떠났지만
돌아와야 등정은 완성된다

어렴풋이 남아 있는 몸매와 얼굴
머리 벗겨져 말 놓기가 미안한 친구
시대의 지진에 우리는 늙었고 세상은 변했다

사람은 놓이는 위치가 다 있다
어떤 친구는 부동산 투기로 돈을 벌었고
어떤 친구는 예술을 버리고 빵을 선택했다
일등만 기억되는, 졸업생 다섯 중 넷이 기타가 되는 시대

의리와 비리는 동전의 양면, 자기 식구 챙겨 주기의 폐단
고향, 그 죽일 놈의 소속감
거기 걸리면 다 넘어진다

가족이라는 지옥

끊어 버릴 수 없는 피의 낙인
피는 말한다. 당신이 누구인가를
도시에서 비로소 풀려난 씨족이라는 족쇄

조상, 한의 대물림
한을 풀도록 부름받은 후손들
어쩔 수 없이 모두가 잘 있답니다

팔이 안으로 굽던 시간도 다 지나가고
서로 물어뜯고 할퀴고
여전히 삶은 모질고 가족의 연대는 계속된다
이 잔혹한 연극은 끝나야 한다

너무 미워서 지고 싶지 않는
끝내 이겨야 하는, 이기고 싶은 형제들
나를 죽이는 건 결국 가족

저 신뢰 사회
냉장고만큼만 서로를 믿었더라면

가족을 묶어 주는 것은 돈뿐이다

맑고 향기로운, 그러면서 준엄한 법문의 시

김용락(시인)

1

사람이 이 세상에 중생으로 와서 각자 자신들의 업을 가지고 큰 산을 넘고 강을 건너가듯이 일생을 건너간다. 작고하기도 하고 소멸하기도 하고 열반에 들거나 소천한다고 표현하지만 지상에서의 삶이 끝나는 형태인 것만은 분명하다. 누구도 탄생과 죽음이라는 인간의 대원칙을 피할 수는 없다. 인생이라는 높고 넓은 산과 강을 건너가면서 어떤 사람은 뱃사공이 되고 어떤 사람은 들판의 농부가 되고 또 어떤 사람은 시장 상인과 가르침을 주는 교사가 되어 각자 자신들에게 맡겨진 소임을 맡으면서 세상을 살아가는 게 일반적인 중생의 삶이다.

이런 상황을 마르크스 같은 사회학자는 모든 인간은 필

연적으로 그들 자신의 의지로부터 독립한 관계, 생산관계에 들어가게 된다고 표현한다. 말하자면 인간은 누구나 고용주와 부자가 되고 편안한 위치에서 삶을 살고 싶어 하지만 그런 자신의 의지와는 다르게 피고용자가 되고 가난뱅이도 되어 불편하게 삶을 살아가게 되기도 한다는 말이다.

이런 견해는 생산력과 생산관계를 중심에 두고 인간을 사회경제적 존재로 보는 유물론적인 관점이지만, 인간을 사회경제적 존재라기보다는 풍요로운 내면과 영혼의 각성을 통해 존재하는 정신적이고 종교적인 존재로 본다면 이와는 다른 견해가 나타날 수 있다.

그렇다면 수행자는 어떤 존재일까? 사회경제적 관점에서 본다면 수행자는 진리와 신념이라는 가치를 노동력의 형태로 제공하면서 생산관계에 개입하게 된다. 이들은 많은 사회적 존재 가운데서 어떻게 정신적 노동에 해당하는 수행자가 되었을까?

한 실존하는 주체가 그 많은 존재의 방식 가운데 수행자로 살아가기로 결심했다면 그 결심의 근거가 무엇이었는지를 알아보는 것은 의미 있는 일이다. 그것은 그 실존적 단독자 개인의 존재 근거를 해명하는 데도 중요하지만, 역사적으로나 사회적으로 그 어떤 특정한 시기의 수행자들의 사회적 존재 양식과 문화를 이해하는 데도 중요하기 때문이다.

이것은 단지 특정 종교의 사적史的 맥락이나 특성을 통시적으로 이해하자는 차원이 아니라 그것보다는 훨씬 광범위하게 인간이란 무엇인가? 인간은 어떤 방식으로 존재

하는가? 인간의 사회·문화적 존재로서 뿐 아니라 경제적 존재로서의 총체적 범주는 무엇인가? 라는 보다 높은 차원의 인간 존재와 삶의 양태에 대한 사유가 될 것이기 때문이다. 해인 스님의 이번 시집을 일별하면서, 수행자는 누구인가? 수행자에게 문학은 어떤 의미가 있는지에 대해 생각해 보았다.

2

내가 알기로 그는 대구의 유복한 집안에서 태어나 명문 중·고와 서울에서 여자대학을 마치고 머리를 깎았다고 한다. 스님이 된 이후에도 속인들이 다니는 대학에서 철학박사 학위를 받고 몽골 대학에 가서 여러 해 학생들을 가르치는 교수를 하기도 했고, 시인으로 문단에 등단해 시집과 학술 서적을 출간하기도 한 학자이기도 하다. 뿐만 아니라 사회운동단체의 고문과 대표를 지내기도 한 사회운동가의 면모도 보여 왔다. 보통 사람들은 하나의 삶을 온전히 살기도 벅찬데 그는 다양한 방식으로 삶을 살아 왔고, 또 눈에 띨 만한 성과를 내기도 했다.

나도 평소 스님을 존경하면서 스님의 그늘에서 많은 가르침과 깨우침을 받고 있는 중생 중의 한 사람이다. 보통 스님들은 부처를 찾아서, 부처가 되면서 진리를 깨닫고 해탈의 길로 들어서는 것을 서원한다. 그런데 부처를 찾는 방식은 다양하다. 선방에서 면벽참선을 통해 화두를 깨우치기도 하고 강원에서 경전을 읽기도 하고 절집에서 행정 승려로 대중들을 교화시키고 불교의 대중화를 통해 진리에 가닿으려고도 한다. 또는 일반 속가인들이 추구하는 학문이나 예술을 탐구하는 방식으로 부처의 의미를 질문하기도 한다.

해인 스님은 대학에서 끊임없이 학문을 연마하는 공부와 문학과 저술로 참된 부처님의 의미를 찾고 있는 게 아닐까 하는 생각을 들게 한다. 스님의 토굴에 가 보면 좋은 책이 많다. 불교 경전뿐 아니라 철학과 문학예술 등 문·사·철에 대한 책들이 가득하다. 그 진열된 책을 보는 것만으로도 기분이 황홀할 지경이다. 책장에 진열된 책을 통해 드러나는 그 정신의 눈부심이라니!

최근에는 대학원에서 철학을 전공하는 속인 후배에게 200권이 넘는 책을 보시했다. 나도 권수가 그렇게 많지는 않지만 좋은 책과 그림을 얻은 바가 있다.

> 팔만 사천 번뇌 떠내려간다
> 졸며 앓으며
> 좌복 위에서
>
> 평생 공부는
> 죽 떠먹은 자리
> 흔적 없지만

어떤 이는 죽 쑤어서 개 준다지만

그래도 죽 쑤어서 내가 먹는 일

무량한 기도 덕분인가

부처님 공덕 바다에

섬이 된 토굴 하나

노 저어 간다

—「섬」 전문

　이 시에는 섬이 된(모든 것에서 격리된) 토굴에서 졸며,
앓으며 평생 공부에 매진하는 시적 화자의 모습이 잘 드러
나 있다. 공부를 위해 스스로 섬이 되고 섬에 자신을 유폐
시킨 시적 화자는 바로 현실에서 해인 스님의 모습이다. 용
맹정진하는 스님에게는 필연적으로 다음과 같은 일이 뒤따
라온다. 건강의 쇠락과 육체적 고통이다. 그러나 정신과 지
혜는 더 형형하게 빛난다.

1.

중 되는 데 10년

중물 드는 데 10년

중물 유지하는 데 10년

중물 빼는 데 10년

강산이 네 번 바뀌고

고생 끝에 병만 와

연락처엔 침 잘 놓는 한의원부터, 희망통증의학과, 속편
한내과, 밝은세상안과, 굿모닝피부과, 사랑니치과까지
병원 번호만 빼곡하다

2.
"시님 돌아가실라 캅니까"
"살라 캅니더"

                    —「시님도 마이 아프다」 부분

해인 스님은 중학교 1학년 때 학교 교지에 단편소설을 발
표하면서 일찍부터 문재를 뽐냈다. 일찍부터 문인이 되었
더라면 대가가 됐을 법도 한데, 출가해서 스님이 되었고 오
랜 수행 후 뒤늦게 다시 문학에 들었다. 스님은 왜 시를 쓰
고, 스님에게 시는 과연 어떤 의미일까? 범박하게 말해서
불가의 한편에서는 불립문자不立文字, 직지인심直指人心이라
면서 공공연히 문자의 무용을 주장하기도 하는 게 사실이
다. 이런 상황에서 스님은 문자로, 시라는 형식으로 무엇을
말하고 무엇을 깨우치려 하는 것인가?

일찍이 우리 문단에도 만해 한용운 선사나, 법정 스님처
럼 사문과 문단에서 큰 업적을 낸 스님이 적지 않다. 최근
에는 조계종 사회연구원장인 원철 스님 같은 분이 문향이
그득한 책으로 승가와 문단을 넘나들며 이름을 내고 있다.
해인 스님 또한 그와 못지않은 반열로 우리의 주목을 끈다.
다음 인용시에서 우리는 스님의 마음을 짐작할 수 있다.

이미 지친 사랑이다

그저 참을 만한 3D 업종
임시정부의 후손처럼
가난하지만 힘껏 산다

시 귀신이 붙었다
제가 한번 써 보겠습니다
그래도 죽기 살기를 자처한다

—「시인」 전문

　앞서 언급한 대로 해인 스님께서는 중학 1년 때 학교 교
지에 단편소설을 발표할 정도로 문학적으로는 조숙한 소녀
였다. 그런데 수행자로 살다가 인생의 후반부에 돌입해서
다시 시를 찾은 것이다. 그런 그에게 문학은 "이미 지친 사
랑"일 수 있다. 그래도 "시 귀신이 붙"어서 "죽기 살기"로
"제가 한번 써 보겠습니다"라고 다짐하고 있다. 이런 그에
게 시를 커피나 립스틱 같은 기호품이나 사치품과 비교해서
는 안 된다. 말 그대로 죽기 살기로 (목숨을 걸듯이) 용맹정
진하듯이 시를 써야 하고, 부처님께 법공양을 바치듯이 온
정성을 다해 경건한 마음으로 써야 한다고 말한다.
　스님의 이런 각오는 오늘날 시인들이 시를 단지 중산층
의 사교 목적으로 자신을 치장하고 분식하는 액세서리쯤으
로 생각하는 우리 시단 일각의 속된 비문학적 현실에 대해

강력하게 성토하는 것이라 볼 수 있다. "시에 대가를 지불하려는 사람은 적다"거나 "땅끝에서 땅끝까지 시詩다"라는 주장은 스님이 시를 어떻게 보고 있는지 잘 알 수 있는 구절이다.

알뜰살뜰한 가격
커피 두 잔 값에 정신이 고귀해지다니

립스틱을 팔듯 시집을 팔아서는 안 된다
후천적 귀족으로 진화하려는 꿈을 가진 이들에게
법공양을 올리듯이 바쳐야 한다

대학 도서관에서 시집을 버리다니
인간의 영혼이 이렇게 싸구려로 내팽개쳐지다니
나라가 걱정이다
　　　　　　　　　　　　　　　　　─「시집」 부분

독한 사회
학벌 카스트
부동산 계급사회
귀천과 빈부를 정하지 않는 것은 시詩뿐이다

시를 사랑한다는 사람은 많은데
시에 대가를 지불하려는 사람은 적다

슬픔은 시의 자궁이다
자신을 너무 많이 사랑하고
바르게 사랑하지 못할 때 오는
그 재수 없는 후유증
그 순간도 시로 쓰면 앞으로는 밑져도 뒤로는 남는 장사다

땅끝에서 땅끝까지 시詩다

—「시의 미학」 전문

스님께서 「시인의 말」에서 하신 "중생은 부처를 낳는 어머니/ 부처님의 49년 설법은 중생의 병구완일 뿐이다.// 팔자에 묶여 있는 여자들, 그 팔자라는 걸/ 방생시키고 싶어/ 상담실을 다녀간 여자들의 이야기를 1인칭 시점으로 엮었다"는 말씀을 시 이해의 나침반으로 삼아서 찾아가 보자. 짧지만 「시인의 말」 속에는 스님의 사상과 지혜를 알 수 있는 단초가 있다. "중생은 부처를 낳는 어머니"라는 이 주장은 부처는 하늘에서 떨어진 특별한 존재가 아니라 중생이 바로 부처가 될 수 있다는 대승불교의 오랜 지론이다.

중생 속에서 부처가 탄생하고 그 중생이 바로 부처를 가르치는 사람이란 뜻이다. 해인 스님께서 이 주장을 펼치고 있다는 것은 일부 엘리트 불교, 불교 엘리트주의를 거부한다는 의미이다. 절집에 다녀 보면 승려라는 지위가 대중들과 차별화된 뭔가 대단한 자리이며, 진리는 승려만이 깨달을 수 있고 스님은 신도들에게 크게 대접받아야 하는 자리

라는 생각을 가진 스님들을 간혹 만나기도 한다. 이런 스님이야말로 엘리트주의이며 불교적 진리관과는 한참 먼 속되고 고루한 생각을 가진 사람이다.

스님은 특히 여성문제에 관심이 많다. 자신이 생물학적으로 여성이라는 면도 있지만, 수행자로서 지혜의 스승으로서 이 세상의 모든 여성들에게 "팔자에 묶여 있는 여자들, 그 팔자라는 걸/ 방생시키고 싶어" 하신다. 오탁악세의 세상에서 더 고통받는 건 여성이다. 인류 역사의 오랜 폐습인 여성 차별 속에서 고통받는 여성들에게 자유를 주고 해방의 언어를 주겠다는 의도를 알아차릴 수 있다.

이번 시집에 실린 연작시 제목 가운데 「아모르파티」「결혼은 미친 짓이다」「책 읽는 여자는 위험한가?」「오! 피에타」를 보면 이 시집의 전체 윤곽을 알 수 있다. 아모르파티는 '운명을 사랑하라'는 말이다. 그리고 피에타는 '비극'이라는 뜻이다. 운명, 비극, 미친 짓, 책 등의 언어는 인간의 운명을 일정 방향으로 이끌고 가는 방향등이라 할 수 있다.

해인 스님 시의 대체적인 시적 특성은 시어가 남성적이고 직설적이다. 이것은 김소월 이래 한국시에 면면히 내려오는 여성적 정조情調와는 크게 차별된다. 만해 한용운 선사의 시조차도 여성적 화자에다가 애상적 분위기가 많은데 비해, 여성인 비구니 스님의 시가 남성적 톤으로 일관하고 때로는 격렬한 감정으로 표현된다는 게 의미심장하다.

스님이라고 해서 우아하게, 거룩하게만 말하지 않는다. 그것은 해인 스님에게는 거짓이자 위선이기 때문이다. 스님은 게으른 수행자에게 죽비를 내리치듯 아둔한 중생들에게 센 죽비를 내리치는 심정으로 거친 언어를 사용하고 있는지도 모른다. 그것은 일종의 시적 전략일 수도 있다. 여느 수행자처럼 아름답고 우아한 언어의 세공을 사용하지 않고 있는 점도 이 시집의 중요한 특성이 될 것이다.

시가 전체적으로 직설적이기 때문에 쉽게 읽힌다. 그러나 이 시집의 시가 무작정 쉬운 것만은 아니다. 시의 부제로 채택된 니체, 카프카, 헤세, 한나 아렌트 등 세계 지성계의 거장들의 언어를 차용하고 있는 것처럼 스님의 많은 시에는 그냥 지나치기 어려운, 마치 불교의 선시禪詩에서나 느낄 법한, 인생을 통찰하는 날카로운 명구절이 많은 것도 주목해 볼 만한 사항이다. 아래 인용 구절은 이 시집 전편에서 내가 마음에 드는 구절을 골라 본 것들이다.

> 별꼴을 다 봐야 비로소 별이 되는가?(「비로소 별이 되는가? 1」)
>
> 짐의 무게만큼 튼튼해진 다리(「비로소 별이 되는가? 2」)
>
> 인간답게 사는 것이 신통神通인 것을(「시님도 많이 아프다」)
>
> 태어나기 전부터 많은 것이 정해져 있단다(「눈물 얼룩에는 별무늬가 숨어 있단다」)
>
> 쉬운 길 가지 않고/ 바른 길 택한 저 위대한 어머니(「아모르파티 1」)
>
> 얼룩 없이 운명을 사랑하면/ 운명이 너를 거두리(「아모르파티 2」)
>
> 사랑에 미치지 말고 자신에게 미쳐라(「혼자 노는 것이 제일 쉬웠어요」)

세상에서 가장 슬픈, 고향을 떠나는 이사를 한다(『그래 봐
야 불륜이다』)

바람이 매서울수록/ 연은 더 신나게 날고(『어느 결혼식』)

백 년이나 노예 계약하는가(『결혼은 미친 짓이다 1』)

자립할 수 있는 인간만이 존중받는다(『결혼은 미친 짓이다 3』)

강한 자만이 모든 것을 지킬 수 있다(『워킹맘』)

책에 매혹되어 있는 여자는 통제할 수 없다(『책 읽는 여자는
위험한가? 1』)

총으로도 책을 덮을 수 없다(『책 읽는 여자는 위험한가? 3』)

시 쓰다가 책 속에 파묻혀 잠들고 싶다(『책 읽는 여자는 위
험한가? 4』)

겁 많은 개가 더 많이 짖는다(『책 읽는 여자는 위험한가? 4』)

하늘은 책 읽는 여자를 귀히 여긴다(『책 읽는 여자는 위험한가? 7』)

봄을 이기는 겨울은 없다(『봄이 온다고 누가 그랍디까?』)

성현들은 운명에 의존하는 것이 아니라, 주어진 시간에
퇴고를 거듭하여 스스로 운명을 만들어 가는 입명立命을 주
문한다. (『장엄론』)

도시는 자본주의의 자궁이다(『오! 피에타 2』)

세상에서 가장 초라한 거래는 미모를 파는 것이다(『오! 피에타 3』)

화려할수록 몰락의 속도는 빠르다(『오! 피에타 3』)

귀천과 빈부를 정하지 않는 것은 시詩뿐이다(『시의 미학』)

나를 죽이는 건 결국 가족(『가족이라는 지옥』)

이 인생과 진리에 대한 통찰이 녹아 있는 명시구詩句들은

대략 여섯 개 정도의 범주로 나눌 수 있다. 이 구절들을 가지고 시집의 진면목을 파악해 보자.

1) 별꼴을 다 봐야 비로소 별이 되는가?(「비로소 별이 되는가? 1」)

짐의 무게만큼 튼튼해진 다리(「비로소 별이 되는가? 2」)

바람이 매서울수록/ 연은 더 신나게 날고(「어느 결혼식」)

1)의 범주에 드는 시 구절이 주는 의미는 인생의 별별 더러운 꼴을 다 겪어 봐야 비로소 '별(성공의 의미)'이 된다는 의미이며, 짐의 무게만큼 다리가 튼튼해진다는 주장이다. 우리 인생을 이보다 더 설득력 있게 설명할 수 있는 구절이 어디 있겠는가?

흔히 하는 말로 '웃자란 보리는 오뉴월의 약한 바람에도 쉽게 쓰러진다'는 말이 있는데 고통으로 단련되지 않으면 인생의 참 의미를 제대로 알 수 없다는 뜻과 같은 말이다. 내가 평소 존경하던 『녹색평론』의 김종철 교수가 육성으로 내게 좋은 말씀을 많이 남겼는데 그 말 중에 '이기면 바보가 된다'는 말이 있다. 나는 이 말을 유독 좋아했다. 그것은 인생의 초년부터 고교와 대학입시에 실패하고, 대도시로 유학 나와서 같은 학급의 상류층 친구들과 경제력뿐 아니라 문화적 차이를 실감하고 심한 좌절감을 느끼면서 독서와 인생 공부에 열중했던 나 자신을 되돌아보며 스스로를 위로했던 말이었기 때문이다. 인생의 고통에 시달리는 많은 중생들에게 '짊어진 짐의 무게만큼 튼튼해진 다리를 갖는다'는 이 말은 얼마나 큰 위로가 될 것인가!

 2) 자립할 수 있는 인간만이 존중받는다(『결혼은 미친 짓이다 3』)

  강한 자만이 모든 것을 지킬 수 있다(『워킹맘』)

  봄을 이기는 겨울은 없다(『봄이 온다고 누가 그랍디까?』)

  성현들은 운명에 의존하는 것이 아니라, 주어진 시간에 퇴

  고를 거듭하여 스스로 운명을 만들어 가는 입명立命을 주

  문한다.(『장엄론』)

  사랑에 미치지 말고 자신에게 미쳐라(『혼자 노는 것이 제일

  쉬웠어요.』)

 2)의 구절은 불가의 임제 선사의『임제록』에 나오는 '수처
작주 입처개진[隨處作主 立處皆眞]'이라는, 어디서나 자신이 주
인이라는 의식을 가질 때 모든 게 진리가 된다는 의미를 담
고 있다. 문학은 본질적으로 자신이 주인이 되는 삶을 사는
방식이다. 자신의 눈으로 세상을 보고, 자신의 의지대로 삶
을 사는 게 참인생이다. 화려한 금은보화와 부귀영화가 가
득한 이 세상의 온갖 헛된 것, 삿된 것에 홀려 부평초처럼
떠도는 인생들에게 문학은 정신 똑바로 차리고 자신의 줏대
를 가지고 바로 살라는 메시지를 전달하는 것이다.

 그래서 문학은 인류의 유사 이래 여전히 의미 있고 값어
치 있는 것이다. 문학에는 고독과 소외와 고통이 뒤따를 수
있다. 아니 뒤따라야만 한다. 역설적으로 그래서 문학은 의
미 있는 것이고 가치 있는 것이다. 자율적이고 주체적인 인

간만이 인간다운 삶을 살 수 있다는 것을 의미한다.

이 시집에서는 여성이 남성에게 속박되지 않고 굴종적인 삶에서 벗어나야 진정한 자아를 찾고 진리를 찾을 수 있다는 주장을 펼치고 있다. 인간의 사회적 관계를 규정하는 제도뿐 아니라 금권과 물신주의라는 속물주의에서 벗어나 주변 눈치 보지 말고 당당하게 자신의 삶을 살라는 메시지인 것이다.

3) 인간답게 사는 것이 신통神通인 것을(「시님도 많이 아프다」)
쉬운 길 가지 않고/ 바른 길 택한 저 위대한 어머니(「아모르파티 1」)

인간답게 사는 게 신神과 통하는 길이고 그것은 바로 해탈을 의미한다. 인간답게 산다는 것은 어떤 의미인가? 이 시의 본문에 보면 '조주趙州'라는 이름이 언급된다. 불교에 조금만 관심 있는 이라면 조주(778~897) 선사에 대해 알 것이다. 선禪 공안으로 유명한 분이다. '끽다거' '뜰 앞의 잣나무' 등 헤아리기 어려운 공안을 남긴 선사이다.

나도 이분의 『조주록』이란 책을 본 적이 있는데 그는 120세까지 살았고, 80세가 되어서야 가난한 사찰의 주지가 되었다. 오래된 의자의 다리가 부러지자 아궁이에서 타다 남은 나무를 가지고 의자 다리에 묶어서 사용했다든가, 병풍이 낡아 다 떨어져 골격만 남았는데 그대로 사용했다는 일화, 스님을 존경하는 임금이 와서 설법을 요청하자 궁궐은 모든 백성들에게 원수의 집이라고 했다든가, 좋은 사찰을 지어 준다니까 거절하고 남의 과수원에서 설법했다든가 하는 무수히 많은 일화를 남겼다.

주지가 일찍 되는 것, 가난한 것, 임금이 사는 궁궐이 백성들에게는 원수의 집이라는 것, 과수원 설법 등은 수행자뿐 아니라 제대로 된 인생을 생각하는 중생들에게는 무엇이 진리인지를 가르쳐 주는 내용이다. 좌복 위에 앉아 공부하느라 영양실조에 걸린 스님이 생선 한 토막 사 와서 구워 먹었더니 비린내가 진동하여 추운 겨울 종일 문을 열어 놓고 벌벌 떨었다는 삽화가 시 내용인 이 시에서 말하고 있는 인간답게 사는 것, 신과 통하는 방법이 무엇인지? 독자들은 이해할 수 있을 것이다.

4) 태어나기 전부터 많은 것이 정해져 있단다(「눈물 얼룩에는 별 무늬가 숨어 있단다」)

얼룩 없이 운명을 사랑하면/ 운명이 너를 거두리(「아모르 파티 2」)

백 년이나 노예 계약하는가(「결혼은 미친 짓이다 1」)

나를 죽이는 건 결국 가족(「가족이라는 지옥」)

이 시집은 시집의 머리말에서 밝히고 있는 바처럼 스님이 여성들의 실제 삶의 애로를 상담하고 느낀 바를 기록한 것이다. 미혼모라든가, 결혼에 실패한 인생, 남자 때문에 고통받는 여성들의 모습에서 때론 분노하고 때론 함께 아파하고 위로하는 내용을 시로 쓴 것이다. 결혼에 실패한 여성들에게는 결혼은 '백 년 노예 계약'이나 마찬가지라는 충고를 하고, 어차피 운명에 따라 고통을 겪는 것이라면 운명에 휘둘리지 말고 그 운명을 사랑하라는 위로와 격려가 있는 것이다. 그리고 어떤 경우에는 가족이라는 굴레가 인습의 원흉이 되고 사물의 본질을 못 보게 눈을 가리는 인정주의와 봉건주의의 틀이 되어 참된 나, 행복한 삶을 살 수 있는 주체적인 나를 망가뜨린다는 준엄한 경고가 있는 것이다. 이런 구절들에서 사문의 큰스님이 오탁악세 중생들을 자상히 어루만지는 자비의 손길을 느낄 수 있다.

> 5) 책에 매혹되어 있는 여자는 통제할 수 없다(『책 읽는 여자는 위험한가? 1』)
> 총으로도 책을 덮을 수 없다(『책 읽는 여자는 위험한가? 3』)
> 시 쓰다가 책 속에 파묻혀 잠들고 싶다(『책 읽는 여자는 위험한가? 4』)
> 겁 많은 개가 더 많이 짖는다(『책 읽는 여자는 위험한가? 4』)
> 하늘은 책 읽는 여자를 귀히 여긴다(『책 읽는 여자는 위험한가? 7』)
> 귀천과 빈부를 정하지 않는 것은 시詩뿐이다(『시의 미학』)

해인 스님은 속세를 떠난 수행자임에도 대학과 대학원을 몇 군데나 다니고 철학박사와 명예박사 학위를 받으신 분이다. 이런 현상을 어떤 방식으로 이해할 수 있을까? 속세의 명리를 좇거나 허영심을 채우려는 태도가 아니라 제도적인 공부를 통해 진리에 도달하려는 스님 특유의 공부 방식이라고 이해한다. 앞서도 언급한 바처럼 불교에서는 교학뿐 아니라 선학도 있고, 이 시집에도 조주 선사가 인용된 것처럼 불립문자, 문자의 무용성을 주장할 수도 있으나 결국은 그것도 진리에 가닿으려는 많은 방법 중의 한 방편일 뿐이다. 인생살이에 한 길만 있는 게 아닌 것처럼 진리에 이르는 길에도 한 길만 있는 게 아니다. 자신의 몸에 맞는 옷을 찾아 입듯이 자신에 맞는 방식으로 진리를 찾아가면 되는 것이다.

스님의 토굴에는 좋은 책이 많아 눈이 부시고, 그 책들을 남에게 잘 나눠 주신다. 나도 받았다. 책 보시만큼 더 좋은 보시도 드물 것이다. "책에 매혹되어 있는 여자는 통제할 수 없다"거나 "하늘은 책 읽는 여자를 귀히 여긴다"는 구절은 책을 읽고 사태의 본질을 깨닫고 진리에 가닿으려는 스님 특유의 애서가愛書家 처방일지도 모른다.

5) 도시는 자본주의의 자궁이다(「오! 피에타 2」)
    세상에서 가장 초라한 거래는 미모를 파는 것이다(「오! 피에타 3」)
    화려할수록 몰락의 속도는 빠르다(「오! 피에타 3」)

오늘날 우리 현실은 자본주의가 극도로 번성한 세상이다. 알려진 바처럼 자본주의는 돈을 신으로 삼고 있는 세상이다. 물신주의! 모든 게 돈으로 환원된다. 돈 때문에 부모와 자식을 죽이는 세상이다. 말하자면 악마의 세상인 것이다. 물론 장점이 전혀 없는 것은 아니지만, 빈곤, 양극화, 범죄, 부패, 몰염치, 부도덕 등 모든 나쁜 것의 총체적인 이름이 자본주의 속에 녹아 있다. 그리고 그 자본주의의 꽃이 도시인 것이다.

그러나 세상의 모든 이치가 그렇듯이 밤이 깊으면 새벽이 오고, 동트기 직전이 가장 어두운 법이다. 당연히 화려할수록 몰락의 속도도 빠르고 그 결과는 더욱 참혹한 것이다. 죽음 앞에서 가장 고통받는 사람이 큰 부자이고 큰 명예를 가진 사람이라고 한다. 어찌 보면 마지막 죽음 앞에서는 세상은 공평한 것인지도 모른다. 그러나 공평하다고 해서 모든 사람이 다 그것을 느끼고 해탈하면서 열반의 세상을 이룩하는 것은 아니다.

사태의 본질을 깨닫고 열심히 공부해서 진리를 깨우칠 때만이 그런 해탈의 세상을 맛볼 수 있는 것이다. 스님의 시집은 그런 가르침을 주는 것이다. 해인 스님께서 지혜의 법문을 문자를 이용해 시로 써 낸 것이 바로 이 시집의 본 모습인지도 모른다. 적어도 나는 해인 스님의 법문을 읽고 가르침을 받는 기분으로 이 시집 원고를 읽었다. 독자들도 이 시집에서 맑고 향기로운, 그러면서 준엄한 법문을 느끼기 바란다.